DISCOURS

EN VERS

AUX TROIS ORDRES,

SUR

LES ÉTATS-GÉNÉRAUX

DE 1789.

EN FRANCE.

1789.

DISCOURS

AUX TROIS ORDRES,

SUR

LES ETATS-GENÉRAUX

DE 1789.

VOILA donc le moment où la France étonnée,
Va fixer ou trahir fa noble deftinée !
Malheur à l'efprit fec, au cœur indifférent,
Qui voit, fans s'émouvoir, un intérêt fi grand ;
Et qui, s'enveloppant dans un trifte égoïfme,
Sourd au cri de l'honneur & du patriotifme,
Abjure, fans pudeur, les droits & les liens
Qui doivent l'attacher à fes Concitoyens !
Quel trouble, quel effroi porte à mon ame émue
D'un Congrès folemnel la redoutable iffue !
Patrie ! objet facré d'un immortel amour !
L'urne s'ouvre, j'efpère & frémis tour-à-tour.
Français ! fongez-y bien, l'Europe vous contemple ;
A l'Univers furpris donnez un grand exemple.

A 2

Aſſez & trop long-temps, mobile en ſes déſirs,
Votre goût a ſuivi la pente des plaiſirs;
Aſſez & trop long-temps un bizarre aſſemblage
D'eſprit & de travers, de faibleſſe & de rage,
Étouffa ſous les fleurs de la frivolité
Les ſemences du bien & de la vérité.
Quand l'Aſtre conſolant de la Philoſophie
Du Pôle à l'Équateur chaſſe la barbarie,
Détourneriez-vous ſeuls des yeux préoccupés?
Et quand tout fuit l'erreur, ſeriez-vous ſeuls trompés?
Non : je vous vois enfin entr'ouvrir la paupière,
Et vous allez apprendre à l'ouvrir toute entière.
Déja du Trône à vous les chemins ſont ouverts:
Un bon Père, un Roi juſte a relâché vos fers;
D'un pouvoir oppreſſeur éloignant les entraves,
L O U I S veut des enfans, & ne veut plus d'eſclaves.
Nous devions l'eſpérer, Français, lorſque ſon cœur
Fit le ferment ſacré de nous rendre au bonheur;
Quand au Trône appelé, ce Roi ſi jeune encore,
D'un règne bienfeſant nous annonçant l'aurore,
Uſa du premier droit de ſon autorité
Pour la cauſe de l'homme & de la liberté (1).
Pardonne, Roi chéri, cet élan de mon ame,
Au tranſport pur & vrai de l'amour qui m'enflamme!
Oui, mon cœur attendri veut rendre à ta vertu
L'hommage qui toujours devait t'être rendu.

J'ai pleuré fur les maux que t'ont fait tes Miniftres,
Lorfque, t'enveloppant dans leurs projets finiftres,
Ils trompaient ta candeur, empoifonnaient tes jours.
A leurs complots voilés tu réfiftas toujours ;
Et combien en fecret leurs trames criminelles
Ont fait couler de fois tes larmes paternelles !
Tu n'en verferas plus ; j'ofe enfin l'efpérer.
Vous, Citoyens, choifis pour nous régénérer,
Portez-lui les fecours que fa bonté réclame ;
Vous le verrez de près, vous connaîtrez fon ame.
D'efprits réparateurs la noble fonction
Fixe fur vos travaux l'œil de la Nation ;
Vous en êtes le choix, devenez-en l'élite :
Cimentez vos pouvoirs par le droit du mérite,
Et forcez, par un zèle éclairé, circonfpect,
La Patrie au bonheur & le monde au refpect.

C'eft vous qui déformais fondez notre efpérance,
Généreux fuccefleurs des foutiens de la France ;
C'eft en facrifiant leur repos & leur fang
Qu'ils ont acquis pour vous l'éclat de votre rang,
De vos propres deftins devenez les arbitres,
Imitez vos ayeux & méritez vos titres (2).
Le premier c'eft celui d'Homme & de Citoyen.
Nés d'un même limon, n'ayons tous qu'un lien,
La vertu : mais malheur à ceux que par la brigue
Éleva fourdement la faveur ou l'intrigue ;

A qui, pour être au rang de ravisseurs titrés,
Le vice & l'insolence ont servi de degrés !
Le vrai grand est celui qu'enflamme la justice,
Et j'en ai pour garant son noble sacrifice.

Pour vous qui, consacrés à l'étude des lois,
Sur leur insuffisance avez gémi cent fois :
Juges & défenseurs de nos droits légitimes,
Vous allez à l'erreur arracher des victimes ;
Et par un long travail, une intacte équité,
Racheter le malheur de la vénalité (3).

Et vous, faits par état pour desservir nos Temples,
Prenez sur les esprits l'ascendant des exemples ;
Au nom d'un Dieu de paix, d'un Dieu de vérité,
Rappelez la concorde & la fraternité :
Que du sceptre la croix cesse d'être rivale ;
Prêtez au dogme obscur l'appui de la morale,
Et joignez, pour l'amour du public intérêt,
Le pouvoir du Pontife au devoir du Sujet.
Mais pourquoi fatiguer de conseils inutiles
Des esprits éclairés & des Sujets dociles ?
O mes frères ! laissez à mon cœur satisfait
L'honneur d'avoir pensé ce que vous aurez fait.
Je m'applaudis de voir vos vertus, vos lumières,
Vous rendre par l'estime aux dignités premières.

Ah ! n'allez pas non plus, sourd à vos intérêts,
Détruire ou différer le bonheur des Français,

Ordre tumultueux, dont les voix plus nombreuſes

Laiſſèrent plus de priſe aux erreurs dangereuſes (4).

Craignez que vos Tribuns, novateurs indiſcrets,

Pour d'impoſſibles biens n'amènent des maux vrais,

N'immolent le repos à de vaines chimères

Et n'arment ſans raiſon vos mains contre vos frères.

Jadis un Peuple Roi, par un plan vicieux,

Trop crédule aux conſeils de Chefs ſéditieux,

Alluma le flambeau de la guerre inteſtine

Et de ſes propres mains conſomma ſa ruine.

Craignez de l'imiter : de vos vrais défenſeurs,

Par un délire outré, ne glacez plus les cœurs.

Des ailes qu'on vous rend, par un bienfait ſi rare,

Uſez comme Dédale & non pas comme Icare.

Un démon envieux, de vos ſuccès jaloux,

Peut-être ſoufflera ſa rage parmi vous;

Pour mieux vous entraîner & vous voiler le piège,

L'erreur de l'éloquence uſurpera le ſiège :

Gardez-vous d'écouter ces preſtiges trompeurs

Qui livrent la tribune à des déclamateurs.

Préférez bien plutôt pour guide & pour bouſſolle

Le don de penſer juſte à l'art de la parole;

L'un égare du but où l'autre vous conduit :

Ainſi le Voyageur de l'Aſtre de la nuit

Préfère la lumière égale & ſoutenue,

Aux rapides éclairs qui ſillonnent la nue.

Le faux enthoufiafme, avec tous fes éclats,
Eft un feu qui dévore & qui n'éclaire pas.

S'il était parmi vous de ces êtres perfides,
Qui, pour vous égarer s'emparaffent des guides,
Veillez fur ces ferpens fans ceffe menaçans,
Diftillans à longs flots leurs poifons renaiffans.
Il en eft qui feraient, d'un efprit mercenaire,
D'un jufte Aréopage un Club incendiaire.
Y verrai-je un Tribun qui, transfuge avili,
Croirait, brûlant un Temple, échapper à l'oubli;
Qui, fougueux Arétin & moderne Éroftrate,
Sur des buftes facrés porta fa main ingrate,
Verfa de toutes parts le fiel le plus impur,
Et fameux un moment fans ceffer d'être obfcur;
Courbé fous les forfaits de fon ame flétrie,
Chercherait fur le globe en vain une Patrie?
Quel bien, quelle lumière en peut-on efpérer?
Eft-ce là le flambeau qui doit vous éclairer?
Je ne craindrais pas moins l'Orateur fans mefure,
Qui profana fon art en fervant l'impofture,
Et d'un feétaire adroit complice accrédité,
Propagea l'empyrifme & la crédulité (5).
L'éloquence peut donc protéger le délire !
Maîtrifez fes écarts : l'objet qui vous attire
Demande des travaux, & non pas des difcours.
D'un torrent débordé fachez régler le cours;

Faites de vos inftans un emploi moins futile,
Le defir de briller nuit au vœu d'être utile.
Déja trop d'Écrivains, prêchant fans miffion (6);
Fomentent l'Anarchie & la fédition.
De ces Machiavels, rêve-creux fanatiques,
Vous n'adopterez point les calculs fantaftiques;
Et nous verrons enfin l'augufte vérité,
Pofant les vrais appuis de la félicité,
Unir les droits du Peuple aux droits de la Couronne.
C'eft ainfi qu'en dépit du frelon qui bourdonne,
L'abeille fait ufer des doux préfens du Ciel,
Pour préparer en paix & la cire & le miel.
Vous viendrez concourir à l'œuvre de la gloire,
- Et ne fouillerez pas votre nom dans l'Hiftoire,
Vous, qui de notre Empire, aux yeux de l'Univers,
Devez tous partager l'honneur & les revers.
Soit qu'un choix libre & pur, foit qu'un droit de conquête
Ait aux lys pour jamais affervi votre tête,
Vous ne pouvez avoir qu'un feul & même but:
L'édifice des lois attend votre tribut;
Ne le retardez point par votre réfiftance.
Français, vous vous devez au falut de la France.
Ne vous divifez pas : du défir de changer,
Un apologue court peut montrer le danger.

  Les Planètes un jour, par caprice, inconftance,
Voulurent du Soleil décliner la puiffance.

A leurs plaintes bientôt ne mettant aucun frein,
Elles dirent enfemble à l'Être Souverain :
— Eh ! quoi ! ce globe, au centre immobile & paifible,
Nous fait fentir le poids d'une chaîne invifible !
D'un cercle monotone il nous prefcrit l'ennui !
Et nous fait, en Defpote, agir autour de lui !
Nous voulons nous fouftraire à des lois tyranniques,
Et fuivre librement des routes moins obliques.
— Avez-vous réfléchi, dit le Dieu de bonté,
Jufqu'où vous conduira votre témérité ?
Avez-vous calculé que ce vœu d'être libre
Détruit du Firmament l'éternel équilibre ?
Avez-vous oublié que c'eft moi, mon amour,
Qui, pour vous gouverner, créa l'Aftre du jour ?
Que fi chaque Planète en fa courfe eft bornée,
C'eft pour mieux partager les bienfaits de l'année ?
Que lui reprochez-vous ? fon immobilité ?
Trop injuftes Sujets ! Sa vive activité
Lance rapidement jufqu'aux bornes du monde,
Par des rayons égaux, la lumière féconde.
Si, cédant à vos vœux mon pouvoir, un moment,
Sans pitié vous livrait à votre aveuglement ;
De vos courbes bientôt franchiffant les limites,
Vous iriez vous choquer, &, croifant vos orbites,
Immolant l'harmonie à la confufion,
Trouver dans le néant votre punition.

[11]

Ceſſez donc déſormais tout injuſte murmure ;
Reſpectez, dans les cieux, le Roi de la Nature,
Et ſachez que ma main n'a ſu vous y placer
Que pour orner ſon char, & non pour l'éclipſer. ——
A ce ſage conſeil, les Planètes calmées,
Suivent ſans murmurer les lois accoutumées.
Puiſſe ainſi dans la France un vertueux Sully,
Rallier déſormais les cœurs au même cri !
Puiſſé-je voir la paix & le bonheur renaître,
Voir le Peuple bénir le Miniſtre & ſon Maître ;
Et l'Hiſtoire nommer, pour prix d'un ſi grand bien,
Le Monarque Français, LOUIS-LE-CITOYEN.

NOTES.

(1) *Pour la cauſe de l'homme & de la liberté.*

Le Diſcours de Monſieur le Garde des Sceaux a effleuré cet objet : l'éloge du Monarque a réuni tous les ſuffrages. C'eſt ſans doute à la préſence du Roi & à la crainte d'effaroucher ſa modeſtie, qu'il faut attribuer le peu d'étendue qu'on a donné à cette partie touchante du Diſcours. Mais, en parlant à la Nation, on ne riſque rien d'ajouter que, depuis l'avènement de *Louis XVI* au Trône, il eſt peu de momens de ſa vie qui n'aient été conſacrés à des projets d'utilité ou de bienfaiſance. On a retenu & l'Hiſtoire conſacrera pluſieurs mots heureux qui ne doivent point l'eſtime qu'ils ont inſpirée à la fade complaiſance que l'on a pour les Souverains ; mais qui honoreroient même le plus inconnu Particulier. Il eſt peut-être peu d'eſprits plus foncièrement juſtes & de cœurs plus vraiment ſenſibles. On lui rend déja, dans toute l'Europe, la juſtice de dire qu'il eſt animé de la paſſion qui caractériſe les bons & les grands Rois, celle de l'ordre & de l'humanité. Il me ſemble que cette ſeule idée devrait étouffer tout germe de diviſion, & rallier tous les cœurs. Les *Welches* n'obéiſaient-ils donc qu'à la crainte, & l'amour ſi vanté du Français pour ſes Rois, ne ſeroit-il que la récompenſe tardive de leur mémoire ?

(2) *Et méritez vos titres.*

On ne peut diſconvenir qu'un des grands vices de l'Ordre de la Nobleſſe, c'eſt cette pernicieuſe & ridicule facilité qu'on a introduite, d'en acheter les prérogatives. On a ſans doute, dans les nombreux Écrits publiés ſur cet objet, peſé ſur les abus intolérables qui en réſultent, je l'ignore ; mais je connais des hommes obſcurs, qui, en achetant pour leur ayeul, encore vivant, une Charge de Secrétaire du Roi, ſe ſont acquis pour eux-mêmes le droit riſible de s'intituler *Chevaliers*, & dont les enfans prendront peut-être le titre de *Hauts & Puiſſants.* Voulez-vous remédier à cet inconvénient ?

Que déſormais la Nobleſſe devienne le prix du mérite en tout genre, ou la récompenſe d'une vertu bien éprouvée; & le reſpect qu'on lui doit ſera ſans inconvénient : je n'aurai pas même la barbare injuſtice de vouloir qu'elle perde le droit d'être héréditaire. Pourquoi ravir, en effet, à l'amour paternel l'eſpoir d'illuſtrer ſes enfans par des actions éclatantes, & à la vertu celui de tranſmettre ainſi le ſouvenir de ſa récompenſe ? Mais dégradez, j'y conſens, l'héritier d'un beau nom, qui profane ſa gloire & ſon titre par le vice ou par la baſſeſſe, & vous ne ſerez plus dans le cas de reprocher aux Nobles une injuſte diſtinction. Il n'eſt, j'imagine, aucune claſſe qui ne conſente à cette clauſe, qui me paraît concilier à-la-fois la Politique & la Morale.

(3) *Racheter le malheur de la vénalité.*

Je ne ſuis pas, comme les brillans ſpéculateurs de notre ſiècle, aſſez hardi pour trancher, d'un trait de plume, ſur l'abus de la vénalité des Charges, pour croire qu'on peut le détruire ſur-le-champ. Le principe ſur lequel on ſe fonde eſt inconteſtable, & les conſéquences en ſeraient peut-être dangereuſes : mais rien n'empêche d'être ſévère ſur l'admiſſion des Acquéreurs. Je ſais qu'il reſtera le grand inconvénient d'en fermer les portes au mérite indigent; mais on aura la certitude de ne voir dans les Charges importantes que des Riches inſtruits. Il faut donc en revenir par-tout à ce que les diſtinctions ſoient le prix du mérite, & l'argent, qui occupait la première place dans la conſidération, ne deviendra plus que ſecondaire. D'ailleurs, il eſt encore des reſſources pour celui qui aurait le talent néceſſaire pour une place, & qui n'en ſerait exclus que par la fortune : l'homme éclairé, que l'eſtime publique y appellerait unanimement, pourrait la recevoir du Gouvernement comme récompenſe, ou de l'amitié bienfeſante comme hommage. Du moment où la vertu a des encouragemens & des honneurs, on doit s'attendre à la voir gagner toutes les claſſes.

(4) *Laiſſeront plus de priſe aux erreurs dangereuſes.*

Je n'entrerai point ici dans une diſcuſſion inutile ſur l'innovation qui a doublé le nombre des Repréſentans du Tiers-État : je n'ai

voulu ni la blâmer, ni la faire craindre, & c'eſt ce qu'on n'aurait
peut-être pas manqué d'inférer des deux vers qui déſignent les
Communes. J'ai ſeulement été naturellement entraîné par une
réflexion juſte & philoſophique, fondée ſur cette obſervation
eſſentielle, que plus les hommes ſont nombreux, plus ils ſont
ſuſceptibles d'émotions, de paſſions & d'erreurs. Monſieur de Saint-
Lambert a judicieuſement obſervé que, dans une grande Aſſemblée,
le même ſentiment paſſe rapidement dans les hommes, dont la
ſituation, les caractères & les opinions ne ſont pas les mêmes,
& que les impreſſions générales troublent ſouvent le jugement
de ceux qui en ont le plus. Auſſi les Orateurs, intéreſſés à perſuader,
emploient-ils bien plutôt la force de l'imagination que celle du rai-
ſonnement, & voilà ce qui fait le danger ; car, ſi l'intérêt de
celui qui vous parle eſt contraire à l'intérêt public, il vous égarera
avec d'autant plus de facilité, que vous ſerez plus nombreux. La
perſuaſion eſt contagieuſe.

(5) *Propagea l'empyriſme & la crédulité.*

Je ſuis bien convaincu que la plupart des Apôtres & des Défenſeurs de la folie des convulſions, renouvelée ſous le titre de
Magnétiſme Animal, ont été de bonne foi & dupes de leur
imagination exaltée : mais c'eſt préciſément par cette raiſon que,
dans une Aſſemblée des Repréſentans de la Nation, je les croirais
dangereux ; car qui peut s'exalter ſur une folie, peut s'exalter
ſur une autre. Et en général l'exaltation qui ſied peut-être quel-
quefois au talent de peindre, ne ſied pas auſſi parfaitement dans
la recherche de la vérité ; &, d'après l'obſervation précédente,
ces eſprits-là ſeront d'autant plus redoutables, qu'ils ſeront plus
éloquens.

(6) *Déja trop d'Écrivains prêchant ſans miſſion.*

On ne m'accuſera pas ſans doute de confondre, dans cette claſſe,
pluſieurs Écrivains diſtingués, dont les lumières profondes & la
logique concluante ont cherché à ramener les vrais principes & à
combattre l'erreur. Je ne parle que de ces Écrivains, malheureu-
ſement trop multipliés, dont les uns, plaiſans à contre-temps,

détournent, par des quolibets déplacés, l'attention qu'exige une matière importante ; dont les autres, vendus à l'intérêt personnel ou aux passions de leurs instigateurs, voudraient arrêter les progrès de la raison & de la liberté. Il en est quelques-uns qui nuisent même à l'intérêt de la bonne cause qu'ils avoient embrassée, par un fanatisme qui passe toutes limites, & beaucoup qui, pressés par un désir mercenaire, jettent rapidement & sans réfléchir, des idées superficielles & sans profondeur, abusent de l'esprit pour enfanter des projets chimériques, détruisent sans scrupule & n'édifient jamais. Cette foule d'Écrits insipides dégoûte les bons esprits de la lecture de ceux qui pourraient être utiles, par la peine de les chercher ; elle ne sert qu'à produire une fluctuation d'opinions & une fermentation dangereuse. Ce sont des fols qui jettent des orties sur une route que les Sages sont occupés à rendre praticable.

F I N.